기획의 말

그리운 마음일 때 'I Miss You'라고 하는 것은 '내게서 당신이 빠져 있기(miss) 때문에 나는 충분한 존재가 될 수 없다'는 뜻이라는 게 소설가 쓰시마 유코의 아름다운 해석이다. 현재의 세계에는 틀림없이 결여가 있어서 우리는 언제나 무언가를 그리워한다. 한때 우리를 벅차게 했으나 이제는 읽을 수 없게 된 옛날의 시집을 되살리는 작업 또한 그 그리움의 일이다. 어떤 시집이 빠져 있는 한, 우리의 시는 충분해질 수 없다.

더 나아가 옛 시집을 복간하는 일은 한국 시문학사의 역동성이 드러나는 장을 여는 일이 될 수도 있다. 하나의 새로운 예술작품이 창조될 때 일어나는 일은 과거에 있었던 모든 예술작품에도 동시에 일어난다는 것이 시인 엘리엇의 오래된 말이다. 과거가 이룩해놓은 질서는 현재의 성취에 영향받아 다시 배치된다는 것이다. 우리는 현재의 빛에 의지해 어떤 과거를 선택할 것인가. 그렇게 시사(詩史)는 되돌아보며 전진한다.

이 일들을 문학동네는 이미 한 적이 있다. 1996년 11월 황동규, 마종기, 강은교의 청년기 시집들을 복간하며 '포에지 2000' 시리즈가 시작됐다. "생이 덧없고 힘겨울 때 이따금 가슴으로 암송했던 시들, 이미 절판되어 오래된 명성으로만 만날 수 있었던 시들, 동시대를 대표하는 시인들의 젊은 날의 아름다운 연가(戀歌)가 여기 되살아납니다." 당시로서는 드물고 귀했던 그 일을 우리는 이제 다시 시작해보려 한다.

기획의 말

그리움 마음일 때 'I Miss You'라고 하는 것은 '내게서 당신이 빠져 있기(miss) 때문에 나는 충분한 존재가 될 수 없다'는 뜻이라는 게 소설가 쓰시마 유코의 아름다운 해석이다. 현재의 세계에는 틀림없이 결여가 있어서 우리는 언제나 무언가를 그리워한다. 한때 우리를 벅차게 했으나 이제는 읽을 수 없게 된 옛날의 시집을 되살리는 작업 또한 그 그리움의 일이다. 어떤 시집이 빠져 있는 한, 우리의 시는 충분해질 수 없다.

더 나아가 옛 시집을 복간하는 일은 한국 시문학사의 역동성이 드러나는 장을 여는 일이 될 수도 있다. 하나의 새로운 예술작품이 창조될 때 일어나는 일은 과거에 있었던 모든 예술작품에도 동시에 일어난다는 것이 시인 엘리엇의 오래된 말이다. 과거가 이룩해놓은 질서는 현재의 성취에 영향받아 다시 배치된다는 것이다. 우리는 현재의 빛에 의지해 어떤 과거를 선택할 것인가. 그렇게 시사(詩史)는 되돌아보며 전진한다.

이 일들을 문학동네는 이미 한 적이 있다. 1996년 11월 황동규, 마종기, 강은교의 청년기 시집들을 복간하며 '포에지 2000' 시리즈가 시작됐다. "생이 덧없고 힘겨울 때 이따금 가슴으로 암송했던 시들, 이미 절판되어 오래된 명성으로만 만날 수 있었던 시들, 동시대를 대표하는 시인들의 젊은 날의 아름다운 연가(戀歌)가 여기 되살아납니다." 당시로서는 드물고 귀했던 그 일을 우리는 이제 다시 시작해보려 한다.

다국적 구름공장 안을 엿보다

문학동네포에지 046

이덕규 시집

다국적
구름공장
안을
엿보다

시인의 말

스무 살 가을밤이었다. 어느 낯선 간이역 대합실에서 깜박 잠이 들었는데, 새벽녘 어떤 서늘한 손 하나가 내 호주머니 속으로 들어왔다.

순간 섬뜩했으나, 나는 잠자코 있었다.

그때 내가 가진 거라곤 날 선 칼 한 자루와 맑은 눈물과 제목 없는 책 따위의 무량한 허기뿐이었으므로.

그리고, 이른 아침 호주머니 속에선 뜻밖에 오천 원권 지폐 한 장이 나왔는데,

그게 여비가 되어 그만 놓칠 뻔한 청춘의 막차표를 끊었고, 그게 밑천이 되어 지금껏 잘 먹고 잘산다.

그때 다녀가셨던 그 어른의 주소를 알 길이 없어……, 그간의 행적을 묶어 소지하듯 태워 올린다.

2003년 10월 화성에서
이덕규

개정판 시인의 말

다 잊었다는데, 모두 다 지난 일이라는데도
나는 여전히 가난하고 슬프고 여린 것들에게 갚아야 할 빚이 많아서
무작정 미안하고 송구한 사람.
세상 춥고 성한 곳이라곤 없어 보였던 그때, 눈보라치는 내 눈동자에게도
나는 일생 순정을 다해 원금과 이자를 무는 사람.
묵은 빚 갚느라고, 찬바람 무서리 맞으며 철 늦은 꽃을 매단 질경이처럼
입동 근처, 빈들에 파랗게 서 있는 사람.

2022년 화성 들녘에서
이덕규

차례

4부

1부

자결(自決)

이른 아침이었습니다
뒷산을 오르다가
밤새 가만히 서 있었을
가시나무 가시에
이슬 한 방울이
맺혀 있는 것을 보았습니다 밤새,
아무 생각 없이 쿨쿨 잠만 잤을
아직도 잠이 덜 깬
그 가시나무 가시에
맑고 투명한
이슬 한 방울이 매달린 채
바르르 떨고 있었습니다

독(毒)

오랫동안 독을 삼켜왔다
조금씩 조금씩 먹어온 독에 의해
나는 길들여졌다 이제 치사량의
독성이 나를 살게 한다
아니 그 독성을 치유키 위해
날마다 더 깨끗하게 정제된 독이
필요하다 이제 내 몸속엔
독 이외의 다른 성분은 없다

나는 독이다
밤새도록 허공에 떠돌던
절망의 투명한 미세 입자들이 모이고 모여
더이상 그 무게를 견딜 수 없을 때
비로소 기척 없는
이른 새벽이 되어 지상에 내려앉는 독

그러나 쉽게 스며들지 못하는 독
무허가 판자촌 같은
누군가의 눈동자 속에 세 들어
잔뜩 웅크리고 앉아

가끔 맥없이 덜컹거리는 눈꺼풀 사이로
망연히 밖을 내다보는 독 이내
그렁거리며 몸을 푸는 독 그러다가

한순간 건널 수 없는 슬픔의 강을
훌쩍 뛰어넘기도 하는

나는
풀잎 끝에 맺힌
눈 홉, 뜨고 사라져가는 아침 이슬이다

단검처럼 스며드는 저녁 햇살

뒷골목 아무렇게나 버려진 빈 깡통과 소주병들이 가끔 누군가의 발길질에 한번 더 찌그러지거나
좀더 투명한 제 속살을 보여주기 위해 산산조각이 나는 연습을 했다 어른들은
한여름에도 허기진 호주머니 속에 손을 넣고 다녔고
담벼락엔 철 지난 흑백 포스터들이 반쯤 찢어져 무슨 쇠락한 이념처럼 펄럭였다 우리는
그 뜻을 알려 하지 않은 채 자본의 전부인 구멍가게에서 불문의 서열을 세웠고 한낮
골방에 누워 속옷처럼 축축하게 말라가는 여자들에게서 언제든지 모든 것을 허락할 수 있는 사랑을 배웠다 그리고 조금씩
더 멀리 불야성의 거센 바다로 나아가 빛나는 야광체의 살찐 고기들을 향해 그물을 던졌다
그러나 그 불빛들은 좀체 걸려들지 않았고 좀더 세밀한 그물을 깁기 위해
늘 막배를 타고 멀미하듯 돌아왔다 더러는
너무 멀리 나아갔다가 돌아오지 못한 사람들이 어느 날 쫓기듯 돌아와
좁은 골목 출구 없는 미로 속으로 숨어들었다
흑백 포스터 위로 총천연색 구인 광고물들이 수없이 덧붙여졌으나 여전히 그 뜻을 알지 못했고
어느새 빈 호주머니 속 익명의 슬픔에게 상처투성이인 손들이 습관처럼 불려들어갔다 그리고

누군가 내다버린 아직 식지 않은 연탄재 위로 뛰어내린 눈송이들이 거친 숨을 몰아쉬는 그 어디쯤,

막다른 골목 쪽창 안으로 단검처럼 스며드는 저녁 햇살이 언제든지 모든 것을

철거당할 수 있는 희망처럼 날카롭게 빛나고 있었다

칼

그가 떠났다

막다른 골목 끝에서
한순간 휙 돌아서
아주 잠깐
반짝였던 그 눈빛이
법률상
검증받지 못하는
사생아의 내력이었다는 걸
깨달은 후,
그와 행방이 묘연했다

변화무쌍한
세월이 흐르고 있었다

성(聖) 핏방울

흰 눈 위에 떨어져 스며들던
핏방울을 기억한다
한 방울의 두 방울의
세 방울의……, 그 뜨겁던
분노의 씨톨들을 기억한다
기억한다,
그 하얀 어머니가
포근히 품었다 흔적 없이
날려보낸
빠알간 천사들을 기억한다

칼끝에 맺힌 마지막 눈물

심심하면 나는 칼끝을 보며 놀지
칼끝을 정면으로 오랫동안 보고 있으면
푸른 하늘을 배경으로 흘러가는
뭉게구름이 보이지 그 위에
흰 양떼가 노니는 게 보이지
더이상은 못 올라가지 나도 그냥 거기쯤
앉아서 놀지 누워서 놀고
뒹굴면서도 놀지 흰 양떼가
던져주는 구름과자를
받아먹으며 놀지 그래도 심심해

가끔 살찐 날개를 뒤뚱거리며 심부름 가는
양떼를 불러앉혀놓고 노닥거리지
사막을 건너온 얘기를 해주지
모래바람 얘기를,
발밑에서 독 오른 방울뱀이 울고
전갈이 내 등을 타고 오르고 내 머리 위로
대머리독수리가 낮게 낮게 날며
내 눈동자를 노리던 얘기를, 관자놀이에
소름이 돋고 귀가 먹먹해질수록
눈을 더 크게 뜨고
칼끝을 노려보던 사막을 들려주지

더러는 그 칼끝에 맺힌

마지막 눈물에 대해 말해주지
그 마지막 눈물이 떨어지고
벌겋게 핏발이 선, 마른 강바닥을 건너온
사람들의 분노에 대해 얘기해주지
모든 헛된 꿈들이
처형되는 비명 소리를, 뒤틀린 기형의
꿈들이 거세당한 얘기를 들려주지
몇몇 꿈의 조직들이
암세포처럼 칼날에 묻어나와
현실이 된 얘기를
현실이 다시 꿈이 되는 얘기를 들려주지

칼끝을 오랫동안 보고 있으면
마침내 천둥이 치고 석 달 열흘 비가 내리고
비로소 칼끝이 열리어
나는 칼 속으로 들어갈 거라고
심심한 나는 칼끝에 앉아
아무것도 모르고 슬픔의 샘으로
물 길러 가는 흰 양떼를 불러모아놓고
아슬아슬하게 놀고 있지

천사의 가슴

곱사등이 한 여자가
세찬 눈보라를 봉긋한 등으로 밀며
뒷걸음질로 걸어간다

마치, 아이를 잃고
퉁퉁 불은 젖을 칼바람에게
베어물리듯이

자신의 손이 닿지 않는
눈에 보이지도 않는
육체의 유일한 성지(聖地),
인간의 등이
다름아닌 천사의 가슴이었다고
따뜻한 젖이 돈다고

길을 잃은
차디찬 조막손이 눈송이들이
그녀의 솟은 등을 파고든다

탈출기

그때 다급한 마음에 뛰어넘은 빈집 높다란 담장 너머 마당귀에서 보았다 가슴에 폭약을 장약한 채 눅눅하게 젖은 천 개의 손가락을 들어 불을 붙이고 섰는 목백일홍

나는 왜 폭발하지 않는가

이미 삶의 안전핀 따위는 뽑아버린 지 오래, 자폭을 기다리는 그 늙은 혁명가처럼 당대의 눈물이 다 말라가면서 뜨거워지는 나는 한 알의 시한폭탄이다

그리하여 화약 냄새가 좋은 짐승처럼 눈물 젖은 시간의 도화선을 따라 실패한 청춘의 언덕 너머 지뢰처럼 묻혀 있는 불발의 씨앗들을 밟으며 나는 왔다

이제 때 없이 뒤통수가 환하다, 돌아보면 마침내 찬란하게 꽃피운 폐허! 내 마음의 국경선 철책에 나부끼는 저 찢어진 옷자락들이여

나는 지금 야간 화물열차를 타고 눈 내린 광야를 지나 먼 먼 북반구의 극점을 향해 달려간다

빛의 원액, 그 치명적인 독

순천 교도소 쪽문이 열리고 그가 밝은 빛을 향해 걸어 나왔을 때, 순간
완강한 햇살 오라기들이 다시 그의 발목을 묶었다
한때 빛을 탕진해버린 희망의 범법자로서
굶주린 시궁쥐처럼 어슬렁거리다가 마지막으로 걸려든 것 또한 느닷없는 헤드라이트 불빛이었던가

얼떨결에 기어들어간 캄캄한 굴 속에서
그는 또 얼마나 많은 빛의 씨앗들을 까먹었는지 별조차 뜨지 않는 그 희망 사육장에서
그새 이가 두 개나 빠져 있었다

비로소 딱딱한 모서리에 대한 유혹은 사라졌고 인내의 물렁한 식사는 훌륭하게 완성되었다
이제, 도저히 뚫을 수 없었던 저 견고한 담장의 미세한 균열 속에서 흘러나오는 빛의 원액이
치명적인 독처럼 환하게 퍼져가는 한낮의 햇살 속에서
미신처럼 말랑말랑한 두부를 먹으며 웃는 그에게

굳이 말하자면, 앞니 없이도 살 수는 있다는 것이다

막차

이쯤에서 남은 것이 없으면
반쯤은 성공한 거다
밤을 새워 어둠 속을 달려온 열차가
막다른 벼랑 끝에 내몰린 짐승처럼
길게 한번 울부짖고
더운 숨을 몰아쉬는 종착역

긴 나무의자에 몸을 깊숙이 구겨넣고
시린 가슴팍에
잔숨결이나 불어넣고 있는
한 사내의 나머지 실패한 쪽으로
등 돌려 누운 선잠 속에서
꼬깃꼬깃 접은 지폐 한 장 툭 떨어지고
그 위로 오늘 날짜
별 내용 없는 조간신문이
조용히 덮이는

다음 역을 묻지 않는
여기서는 그걸 첫차라 부른다

숙박계

늦은 밤 후미진 골목 여인숙 숙박계 막장에 나를 또박또박 적어넣어본 적이 있으신가?

밤새 오갈 데 없는 어린 눈송이들이 낮은 처마끝을 맴돌다 뿌우연 창문에 달라붙어 가뭇가뭇 자지러지는

그 어느 외진 구석방에서 캐시밀론 이불을 덮어쓰고 또박또박 유서 쓰듯 일기를 써본 적이 있으신가?

이른 아침 조는 주인 몰래 숙박계 비고란을 찾아 '참 따뜻했네' 또박또박 적어넣고

덜컹, 문을 열고 나서면 밤새도록 떠돌던 본적지 없는 눈송이들을 막다른 골목 끝으로 몰아가는 쇠바람 속

그 쓸리는 숫눈 위에 가볍게 목숨을 내려놓듯, 첫 발자국을 또박또박 찍으며 걸어가본 적이

있으신가? 언젠가는 흔적도 없이 지워질 그 가뭇없는 기록들을…… 당신은 또박또박

사소한 균열의 끝

얼음이 녹기 시작한
저수지 위를 걷는다 쩌렁—쩡
금이 간다, 이건
늘 있는 사소한 균열이다

초경랑급
슬픔조차 견디지 못한
실금 몇 가닥이
네 가슴
한복판에 먼저 가 닿는다

그 긴 울음소리 끝난
네 마음 가장 깊은 근처까지
나도 따라 걸어들어간다
그리고 거기 아주 큰 슬픔의
경계가 녹고 있는

갈수록 넓어지는
너의 싯푸른 중심을 오랫동안
들여다본다

문득, 내가 딛고 선
발밑이 맑고 투명해진다
여기쯤이다…… 꺼져라, 슬픔!

그해 겨울

아무 일도 없었네 그해 겨울 내 마음의 꽁꽁 얼어붙은 얼음장 밑 이미 기운 세상 쪽으로 누군가 황급히 빠져나가는 소리를 들었을 뿐, 나는 기록해야 할 그 발소리를 받아 적지 않았네 해안선처럼 길게 구부러진 길을 따라 겨우 앞 개여울까지 갔다가 돌아온 날 게으른 겨울 우체부에게서 아직 살아 있는 사람의 부음 한 통을 받았네 그 위에 내 수학 공식 같은 삶을 대입시켰으나 끝내 해독되지 않는 암수표로 태워지고, 이른 새벽마다 내 눈꺼풀 사이로 혼절하듯 타며 떨어지는 맑은 영혼의 유성들이 희망은 더이상 슬퍼할 수 없는 지경에 이르러서야 비로소 완성되는 것이라고 등뒤에서 글썽거리는 별들에게 말해주는 소리를 보았네 그리고 가끔 숨죽인 시간이 내 언 발등을 넘어가다가 덜컹거리는 소리를 들었을 뿐 그해 겨울 나에겐 아무 일도 없었네

2부

풍향계

꼬리지느러미가 푸르르 떨린다

그가 열심히 헤엄쳐가는 쪽으로 지상의 모든 시선이 집중되고 있다

그러나, 그 꼬리 뒤로 빛의 속도보다 더 빠르게 더 멀리 사라져가는

초고속 후폭풍의 뒤통수가 보인다

그 배후가 궁금하다

회오리바람

아무래도 저건
극우익의 온탕과 극좌익의 냉탕에서
제각기 오랫동안 딴짓거리 하다가
승천하지 못한
두 마리의 이무기가
두 눈에 불을 켜고 붙은 거라
그야말로, 용을 쓰는 거라
서로 얼싸안고 안간힘으로 솟구쳐오르며
잡것들, 내친김에
한바탕 질펀하게 춤판이 벌어진 거라

어차피 버린 몸
때늦은 편견의 지붕을 날리고
때 없이 푸르른 사철나무의 고정관념도
뿌리째 거두어 잘근잘근 밟으며
지르박을 땡기는

저 극단의
깊고 고요한 블랙홀에 앉아
누군가 미친듯이 음반을 돌리고 있는 거라

장물(臟物)

한때 당신이 가장 애지중지하던 그것
어느 날 정체불명의 은밀한 손길에 의해 감쪽같이 빼돌려진 그것
그러고도 차마 말하지 못했던 그것
낯선 의붓아비에게마저 버림받고 이내 당신 기억 속에서 까맣게 지워져버린 그것
가까운 알뜰 매장이나 청계천 고물상 혹은
청량리 양동 미아리 용산…… 이런 곳에서
신원 미상의 흔한 이름표를 바꿔 달고 남은 생의 은신처를 찾고 있는…… 끝끝내
그것을 알아보지 못하고 값을 묻는 당신

오늘 내가 헐값인 이유에 대해 굳이 캐묻지 말라

백사(白蛇)

1

이슬 한 방울로
천년을 살 때, 내 몸속에
지하수보다 더 차가운 무색 투명한 피가 흘러
아무리 살아도
살아도 머릿속에 뜨거운 피라곤
단 한 방울도
고이지 않았을 때

그때 나는 어쩌다
어느 어여쁜 계집애의 유혹에 빠져
오를 수 없는 높고 높은 계율의 사다리
그 희디흰 종아릴 휘감고 올라가
터질 듯한 가슴을 물어뜯고
끓어넘치는
한 동이의 독을 다 퍼마셨다

아—흐, 온몸 구석구석에서 일어서는
검붉은 핏줄기들, 그동안 수없이 벗고
또 벗어도 끝이 없던 겹겹의 속옷들을
한순간 뜨겁게 찢고 나온 순백의 관능이여
독이란 독은 모두 마셔버리고 싶어
만년설 속에 갇혀서도 타는 갈증으로
꼬박 불면의 간빙기를 건너온

견딜 수 없는
이 존재의 빳빳함이여

2

첫눈 내린 아침
찔레 덤불 밑 붉게 충혈된 열매 두 알, 뜨겁게
뜨겁게 눈 속으로 잦아서
기어드는

이 차디찬 흰 눈의 골짜기
어디쯤에서
언제 불쑥 그 붉은 아가리가 벌어질지 모른다

사랑

얼마나 사랑을 했으면 온몸의
핏기가 다 빠져나갔을까, 그날 밤
창백한 창문으로 스며든 예리한 달빛 조각들이
뽀얗게 드러난 가슴을
마구 난자하던

그 밤, 그 어떤 뜨거운 피가
도심의 치정처럼 뒤엉킨 하수관을 따라
흘러갔다 깜박 졸던 가로등
유난히 붉은
제 발등을 내려다보며 진저리치고
달리던 차들이 이유 없이 사거리에서
덜컥덜컥 멈춰 서던 밤이었다

이슥고 넓은 강물에 닿은
낮은 비명 소리를 밤물결이 찰랑,
낚아채 숨기고 흐를 때 아직 뜨거운 살이
각 떠지듯 타일 바닥 위에 발려 뒹굴고
서서히 식어가는 체온 속으로
온 생애의 오르가슴은 치달아올라 한순간
그 절정에서 감쪽같이 사라진 몸

"아무 생각 없이 했어요, 너무 사랑했어요"

가령, 피 묻은 칼 톱 망치 도끼
흩어진 달빛 조각들 곁에
어디로도, 부치지 못한 겹겹의 소포 한 묶음

어느 인형의 노래

큰물이 지고 난 뒤 상류에서 흘러내려온 자질구레한 살림살이들이 뒤섞여 한 살림 잘 차리고 사는 동네 앞 쇠들보 위에서 밤마다 낡은 멜로디언 연주에 맞춰 노래 부르는 소리 들려오네

오래전 집 나가 돌아오지 않는 미망의 한 시절이 아무것과 흘레붙어서는 만삭의 애비 모를 자식을 지워서 버린 거라고 모래톱에 반쯤 묻힌 흑백텔레비전이 희미한 기억을 더듬어 귀띔해주네

돌아가고 싶어, 허무의 딸, 어머니 자궁 속으로
돌아가고 싶어, 돌아가,
그 어둠의 대들보에 목을 매고 싶어.
아무도 모르게 유산 폐기된, 그러나
좀처럼 죽어지지 않는
이 질긴 목숨을 한낮 땡볕에 하얗게 말려
지워버리고 싶어.

어느 날 철거반원들이 그들을 주섬주섬 짐짝처럼 주워 싣고 가네 그뒤로 질긴 나일론 끈 한 가닥이 검은 강물 속으로 끊임없이 풀려들어가며 따라가고 부서진 멜로디언을 꼬옥 끌어안은 아기 인형 하나가 깔깔거리며 또 어디론가 흔들려 가고 있네

손들엇

천년고도, 면목없다
염치없다
평생 죄인처럼 고개 떨구고 사느니
아예 머리통을 깨부숴버린
머리 없는 돌부처 몸뚱이 위에
기름기 잘잘 흐르는 낯짝을 올려놓고
그윽한 표정 짓는
어떤 인간에게
이 가짜야 손들엇, 했더니

경주 남산
등성이 너머에서 누가
일어서고 있다 산보다 큰 어떤 덩치가
손들고 천천히
뭉그적뭉그적 일어서고 있다

화성(火星)에서 보내온 사진 한 장

거리를 걷고 있었던가,
큰 건물 옥상 대형 티브이 브라운관 속으로 펼쳐진
화성의 아득한 지평선 너머
어딘가를 향해 다급하게 우르르 몰려가는
사람들 발소리를 들었다
그뒤를 쫓는 성난 물소리,
가도 가도 끝없이 펼쳐진
황무지 위를 뒹구는 돌멩이 속에서
새어나오는 낯익은 울음소리들, 그때 누군가
황급히 떠나면서 떨어뜨린 인형 하나가
흔적도 없이 지워져
뜨거운 모래바람 속을 떠다니며
자지러지게 웃는 소리…… 모든 것이 귀에 익다

갑자기 이 도시의 풍경이 낯설다 사람들
이곳 아닌 어딘가에서
방금 온 듯한 표정들이다
모두들 서둘러 발걸음을 옮기고 있지만
이곳이 목적지는 아닌 것 같다
이상하다, 먼 여행의 중간 기착지처럼

잠깐 볼일 보러 나온 것 같은데
그사이 태양의 온도가 한 백 도쯤 내려갔는지
온몸이 얼어붙고 정작 돌아갈 곳을 잃어버린

문득 길이 막히고
옆에 서 있던 한 아이의 품에 안긴 인형 하나가
느닷없이 울음을 터뜨리고
어두운 골목 끝에서 누군가 발 뒷굽에
편자를 갈아끼우는 듯한 무딘 망치 소리가 들려왔다

구름궁전의 뜨락을 산책하는 김씨

허공에 발판을 놓고 길을 내는 그는
비계공이었다 고층으로 올라갈수록
거대한 자본의 산맥을 넘어오는 높새바람 속에서
중심을 잡기 위해 지상과 연결된 안전 고리를
수시로 확인해야만 하는

지상에선 날마다 더 높은 곳을 주문했다
현장 사무실 앞 풍향계는
늘 한곳으로 고정된 채 첨단의 극점을 가리키고 있었고
촉박한 예정 공정의 천후표에는
기후와 상관없이 늘 해가 떴다
이윽고 그는 지상의 통제권이
도달할 수 없는 높이까지 올라갔다

그리고 안전 수칙을 무시하고
아슬한 난간 위에 서서 아주 잠깐
고개 들어 훔쳐본,
……
아, 현기증이란
구름궁전의 뜨락을 거닐듯
얼마나 황홀한 산책인가

마침내 그곳에서
중심을 잡기 위해서는 지상과 연결된 모든 안전 고리를

남김없이 풀어버려야 한다는 걸
깨닫는 순간
오랫동안 지상에 묶여 있던 부표 하나가
둥싯 떠올라,

뇌 단층촬영실
모니터 화면에 번져가는 구름 한 점

다국적 구름공장 안을 엿보다

*

공장 굴뚝 위로 솜사탕처럼 달콤한 이야기들이 피어오른다

*

한때 나는 그 달콤한 구름을 타고 다닌 적이 있었는데 어떤 고도의 바람을 추진력으로 날아가는 그 허풍쟁이 근육질의 조종사는 핸들이나 브레이크가 없다는 이유로 방향과 속도를 무시하고 엉뚱한 곳으로 나를 데려가곤 했다

*

결국 지상으로 돌아온 나는 생의 반을 외곽도로 공사현장에서 보냈는데 날마다 삽을 쥐고 그 적자뿐인 손익계산서를 쓸 때, 가끔 시커멓게 몰려가는 먹구름 사이 손바닥만하게 열린 하늘 안쪽에서 누군가 벌겋게 달궈진 부젓가락을 휘두르며 큰 소리로 심하게 다투는 소리를 들었다

*

그때 지상에서도 구름을 사칭한 대머리독수리가 갑자기 기수를 돌려 그 거대한 자본의 심장을 뚫고 들어간 이후, 현대의 신(神)은 토마호크 미사일처럼 저돌적으로 날아오는 생체의 제물을 즐겨 먹는다는 것을 알았다

*

그러니까 한 세계에서 한 세계로 마음만 이사 가기 위해 제공된 천민자본의 출처는 역사 기록 어디에도 없다, 다만 하늘 한켠으로 연막처럼 소곤소곤 피어오르던 뭉칫돈들이 순식간에 표정을 바꾸고 감쪽같이 증발될 뿐

*

천국이 가까워질수록 악취가 난다

*

먹구름이 몰려오고 갑자기 내리는 소낙비가 수상하다 그러나 이제 더이상 비자금을 추적하지 말라, 돈을 세탁하는 것은 좀더 성스러운 곳에 쓰기 위해서이다

*

그리하여 하늘은 언제쯤 전면 개방할 것인가, 밤마다 아득한 벼랑 끝에 서서 총총 언 손을 비비며 꺼질 듯 온 힘을 다해 어둠에 종사하는 저 허공의 어린 천사들

우주복

벌거벗은 임금님의 옷처럼 환상적인 디자인의 이 우주복은 언제든지 모든 걸 버리고 이 고장을 떠날 수 있는 자들을 위해 만들어진 것이다 사람들 손길이 전혀 닿지 않는 전인미답의 허공에서 빨래 걷듯 쉽게 거둬들여온 수입 명품처럼 한번 입으면 벗어버리기 힘든 것이어서

마침내 세계 곳곳에 퍼져 있는 다단계식 판매 조직망을 통하며 의류업계를 과독점한 그들은 이제 곧 닥쳐올 허공으로의 귀환을 위해 그것을 늘 평상복으로 입고 다니라고 강요한다 단 한 벌의 그 코를 찌르는 악취를, 잠시도 벗어놓을 수 없는 그 은총을 독실하게 걸치고 다니는 고객들만이 이 가상 우주선의 무중력 속에서 고도의 압력과 아뜩한 현기증을 견뎌내고 자유롭게 유영할 수 있느니……

나는 가끔 새 부대의 새 술로 목욕을 하고 그 벌거벗은 나라의 세탁소 주인에게 묻는 것이다 내 깨끗한 알몸을 부드럽게 밀어넣을 그 양털 같은 구름은 언제쯤 수선이 다 끝나는지

성탄 전야

잠실쯤에서 합승한 중년의 한 사내가 다짜고짜
이제 집에서는 그게 안 된다고
거기 좀 데려다달라고 한다
바람 잡는 동정녀들이 많다는 거기, 아무나
쉽게 구원받을 수 있다는

언젠가 오늘처럼 권태로운 바람이 불어올 때에도
누군가 하늘에서 불어오는
그 수상한 기운에 수태되어
가벼운 죄, 구류 살듯 잠시 이 땅에 내려왔다가
너희들이 지은 죄마저 다 뒤집어쓰고
구름처럼 사라졌다는,

이윽고 어디선가
후끈하게 발기한 바람 한 줄기가
택시에서 내린 그를 잽싸게 회오리로 낚아채간다
이제 곧, 그가 부활하리라

긴 수로의 끝, 늦가을물 한 자리

남은 시간의 거스름돈을
앞다투어 챙기다가 떨어뜨린 동전이라도 줍는지
돌아보면 실성한 노인네 같은 마른 갈대들이 두리번거리며 온통 길을 메우고 서성이는

이쯤에서 너무 맑으면 어떻게 되는지, 너 알지
너무 깨끗해서 아무것도 모르는 송사리 몇 마리 저희끼리 우르르우르르 몰려다니다가 얼떨결에
반 평 남짓 네 품속에 갇혀 사는 죄
그것들을 지켜주기 위해 더러는 마음을 홀떡 뒤집어 험악해질 수밖에 없었던

너 모르지, 이 지독한 가뭄의 마지막 풍경을
한 폭 수채화로 담고 가야 한다는 게 또 얼마나 큰 형벌인지, 자세히 봐
누군가 때를 놓치지 않고 분탕질해간 네 얕은 가슴속 비루하게 남아 있는 것들의
쓸쓸한 자화상 같은 거, 가령

허공을 향해 고단한 파라볼라 안테나를 세운 망초꽃 그늘이라든가, 혹은 그 그늘 속에서
온 힘을 다해 미동도 없이 정지해 있는 눈망울 큰 송사리 한 마리라든가, 마치
모든 걸 포기하고 지상을 뜨는 마지막 우주선 같기도

하고 이제 막
무성생식으로 갓 태어난 지상의 첫 생명 같기도 한,

그러니 이 결론을 또 어떻게 읽어야 할까
좀처럼 바닥이 드러나지 않는 흐릿한 마음을 졸이며 서서히 야위어가는
네 얕은 생의 수면 위로 무슨 암호문 같은 활자를 연타로 찍으며 건너가는 저 물거미
여덟 발가락의 흔적 없는 독백

문제는 늘 뻔한 오독이야
저렇듯 가볍게 떠돌던 여행자들이
어쩌다 잘못 든 길 끝에서 중얼거리듯 쓴 기행문의 마지막 구절을 보면
언젠가 만수위로 넘쳐흐르던 저수지
그 벅찬 눈물의 말씀 첫 페이지를 읽는 것 같아
왜 너도 알지

세상의 단면을 각각 한 줄씩 읽으며 흘러간 흰 구름들이 지금쯤
어디선가 슬픈 표정의 먹장구름으로 포개져
또 한 권의 두꺼운 경전을 묶고 있다는 거,
—그리하여 네 끝은 미약하였으나 시작은 다시 창대하리라고

월광소나타

한밤중 밀랍처럼 굳어가는 오염된 수면 위로 주둥이를 내밀어 죽음을 경배하듯 쏟아지는 달빛 속의 희박한 산소를 따먹던 한 떼의 떡붕어가

이제는 모든 감각이 마비된 몸을 이끌고 더이상 흐르지 않는 도저히 깊이를 알 수 없는 그 심연의 악상 속으로 오래전에 차단된 빛의 기억을 물고 잠수하고 있다 희미한 달빛마저 구름 속으로 사라지고

좀처럼 끝이 보이지 않던 그 캄캄한 망각의 늪 속, 그 옛날 작은 모래알들을 굴리며 여울져 흐르던 세찬 물살을 거슬러올라가 한적한 기슭 물풀에 기대어 나누던 등 푸른 연인들의 속삭임들이

이윽고 반짝이는 은빛 음계의 배때기를 드러내며 하나 둘 미친듯이 떠오르고 있다

순도, 0.1퍼센트의 눈물
—GOLD

썩고 썩은 나머지
마르고 말라서
진즉 일축해버린 무통의 고밀도 꿈 한덩어리를
정교하게 다듬은,
무균질성의
빛나는 금세공품들이
부패해가는 자본의 타임캡슐 속에서
유일하게 반짝이고 있다

끝없는 영광의 세월을
믿어 의심치 않는
그 차디찬 웃음의 성분 함량 속, 아직
미열의 온기라도 복제할 유전인자는 남아 있는지
이미 굳어버린 의식 속으로
손을 넣어 더듬어보면 순도 0.1퍼센트의
눈물이 말라가는
당대의 뒷자리가 축축하다

꽃과 나비의 사상적 인과성에 관하여

—모든 꽃은 우리가 살아서는 갈 수 없는 나라에서 버림받은 영혼들이 꿈꾸는 또다른 혁명이다

한낮에도 무서운 꿈을 꾸다가 벌떡 일어나 깨어보면
우물가 금간 담벼락엔 애벌레들에게 갉아먹힌
허리 부러진 꽃대궁들이 낯선 제 그림자에 소스라치게 놀라 한 시절을 거두어가는
해거름을 서성대곤 하였다

그 저녁, 그 꽃대들과 함께 태워버린 제목도 없는 낡은 사상서 한 권이 한줌 재가 되어 묻힌 우물가

그곳에 오늘 다시 꽃들이 핀다
그리고 그때 한 인간이 잘못 짚었다가 무너져버린 지평의 끝 미지의 깊은 어둠 속에서
박제된 시간의 집을 허물고 날아오는 나비떼를 유혹하여 은밀하게 내통하고 있는,
저 깊고 깊은 이념의 꽃술 속을 파고드는 예민한 더듬이 촉수의 떨림이여!

하여, 스스로 제 몸을 열어
땅끝에서 온 사제들을 영접한 꽃들은
또다시 실패한 오늘의 교훈을 유전자로 새긴 절망의 검은 결정체를 눈물처럼 뚝뚝 떨구고
갈수록 난해해지는 말들을 잉태한
그 환상의 전령들은
매일 밤 황량한 모래언덕 위에 지친 날개를 접은 채 밤

새도록 고민하고

자고 일어나면
이전과 다른 모양의 애벌레 알집들이
죽은 꽃나무에 수도 없이 매달려 있는 것을 본다

누가 방귀를 뀌었나

그러니까 격이 높은 말들이 오가는 자리에서
누군가 혼자 속으로 삭이던 말을 참지 못하고
자신도 모르게 소리 없이 속삭였던 것, 그 외에
아무것도 추측할 수 없었으므로
함께 있던 사람들은 마치 그 오래 묵은
말의 항아리 속에서 흘러나온 향기를 감상하듯
잠시 침묵이 흘렀다 그리고

모두 어쩔 수 없이 이 알 수 없는 논쟁에
끼어들었다는 것을 깨달았을 때 '정말 나도 모르게?'
하면서 조금 전 자신이 너무 긴장해 내뱉은 말에 대해
새삼 정리를 해보지만 그러나
이럴 땐 끝까지 말을 삼가야 한다

그러니까 자신의 내면 '아'와 '어' 사이
그 뜨거운 화쟁(話爭)의 과정에서 발생한 이 냄새의
본질에 대해 어떻게 말로 다 표현할 수 있을까마는
만약 누군가 그 발원지를 속속들이 캐내어 까발린다면
좁은 공간에 충만해 있는
이 무언의 품위 있는 팽팽한 긴장감은 한순간
아주 단순한 말장난으로 끝날 것이다

그러니 누군가 속에서
가르랑거리며 끓어오르는 그 역한 말을 억누르며

이 은밀한 안건에 대해서는
좀더 두고 생각하기로 하자고 창문을
활짝 열어젖히듯 화제의 핵심을 환기시키는 바람에
논쟁은 이내 끝이 났지만

결국, 어두운 몸속의 그 구불구불한 통로를 따라
외딴 돌파구를 향해 서서히 담합해가던
이 거북한 말들의 찌꺼기를 또 누군가는 은밀하게
화법을 치장하는 곳에서
혼자 중얼거리듯 버리고 돌아오는 것이다

제목, 혹은 죄목도 모르고

이른 가을날 늙은 느티나무 아래 앉아 오래전에 겉표지가 떨어져나간 책을 읽네 어디선가 된바람이 불어오기 시작하네 잠시 검문하듯 바람이 방심한 책장들을 단숨에 차르륵 읽고 가네 제목도 모르고 펄럭이던 나뭇잎들이 떨어지네 불온한 전단지처럼 덧없던 함성들이 날아가네

아니네, 아니네 이건 아직 완성되지 않은 희극의 초고라고 그 차가운 계절성 순시관들에게 맞서 단호하게 부정하는 나뭇가지들, 그러나 손목에 수갑을 채우고 머리채를 단단하게 휘어잡은 바람은 이미 산등성이 넘어 새날 새 페이지를 열어 보이고 문득 책 속의 글자들이 우수수 쏟아지며 휩쓸려가네

아직 불온함이 유효한 곳으로, 어두컴컴한 권력의 지하실에서 재생된 빈 공책 한 권과 맞바꿔지기 위해, 또다시 그 누렇게 바랜 미래 어딘가로 송치되어 가출 경위서와 반성문을 쓰기 위해…… 죄목도 모르고

허공의 사무원들

제 몸이 더러워지는 것은 대부분
자신의 손으로 더럽힌 것이다

오른손이 저지른 죄를 왼손으로 단죄하고
왼손이 저지른 죄를
오른손으로 단죄할 수만 있다면

단지(斷指)! 문서와 의자로부터 도망치고 싶었다

보라, 오래전에
열 손가락을 다 잘라버린 팔뚝에
수많은 펜대 깃을 꽂고 날아오르는
저 허공의 사무원들

생강가를 서성이며
펜촉같이 날카로운 부리로 싱싱한
활자를 찍어 올리는 저 희디흰 백로는 평생
옷을 갈아입지 않고도
날마다 출근할 때 그 흰빛 그대로
둥지로 날아간다

3부

오차의 진실

오래된 저울의 바늘이 오른쪽으로 일 킬로그램 기울어져 있다

보이지 않는 그 무엇이 저울대 위에 앉아 있나?

모두들 자신이 올려놓은 물건 중량에서 일 킬로그램씩을 뺀다

그러나 그동안 수없이 오르내렸던 수억 톤의 무게 중에 그가 기억할 수 있는 것은 단 일 킬로그램뿐,

기울어진 일 킬로그램의 오차 위에 그 육중한 헛것들이 또다시 가볍게 올려지고 있다

박쥐

어둠 속에서
수없이 쏘아 보낸 긴박한 극초단파의 구조 요청이
공허하게 부딪쳤다가 되돌아오는
음습한 지하 셋방

머리끝에서 솟은 피가 발끝까지 차오른
잘 익은 열매 하나가
깜빡 제 무게의 중심을 벗어나 떨어질 때를 잊은 채
그대로 매달려 있다

가벼워질 대로 가벼워진
그의 몸속에 내장된
메가톤급 중량의 저울 눈금이 한 바퀴 빙 돌아
파르르 떨리다 멈춘 제로 지점

근로 사업 일수 0 통장 잔고란 0
동굴 속에서 내다본 환한 출구 같은
그 동그라미 안에서 한평생
자신을 거꾸로 들고 서서 문이 열리기만을 기다렸던
한 사내가
헐렁하게 빠져나오는 게 보인다

한 발의 흰 무명천이 둥글게 말린 채 흔들린다

고장난 풍향계가 가리키는 곳

바람 불어 온 세상이 아픈 날, 흰 붕대를 감은 작은 보건소 옆 누렇게 바랜 기억의 편지 봉투 속에 마른 코스모스 씨앗을 받아 넣는 그녀의 가슴속에선 이맘때쯤 붉은 소독약 묻은 구름이 흘러나와요 그 구름 속에서

수천의 병든 새가 날아올라 서쪽 황토 언덕바지 너머 발갛게 타오르는 단풍나무 숲으로 사라지고 그 숲속을 길게 가로지르는 석탄을 가득 실은 기차 위 오래전 타다만 그 누군가의 검은 가슴에 마저 불이 붙어요 불길에 휩싸인 기차가 낡은 풍금 소리 흘러나오는 흰 건물 꼭대기 고장난 풍향계가 가리키는 곳을 향해 달려가고

붉게 물든 하늘을 날아다니며 이미 먼 훗날을 향해 흘러간 시간을 물고 지친 새들이 돌아와요 돌아와, 그 흰 거즈 같은 구름을 그녀의 앙상한 가슴속에 가득가득 채워넣으면 문득 그녀의 부푼 편지 봉투 속에서 이미 오래전에 날려보낸 새들의 유골 가루가 하얗게 쏟아지고 있어요

그때 밖은 칠흑같이 어두웠지요

밖에는 눈이 오고 있었다
마루 끝까지 왔다 처마끝까지
오는 듯했다 그러고도 눈은
계속 내리는 듯했다
나는 조용히 밖으로 나가 눈 속으로
눈 속으로 굴을 파기 시작했다
한 마리 애벌레처럼
배밀이로 하얗게 불 밝힌 터널을 뚫고
마당을 건너 우물가 담장을 넘어
왼쪽 텃밭을 지나, 한번 돌아봤다
멀리 구불텅한 터널의 입구에
파충류 눈깔 같은 아버지의
빨간 담뱃불 빛이 쫓아오고 있었다
나는 내가 파낸 눈으로
그 구멍을 틀어막고 계속해서 산속으로
눈 속으로 굴을 만들며 올라갔다
몇 굽이 깊은 골짜기를 건너
수많은 무덤을 지나 이윽고
산꼭대기에 올라
굳어가는 가루약 같은
만년설 속에 웅크리고 앉아 언젠가
언젠가 이 눈이 다 녹아내리는 날,
……………………
어머니 울음소리에 잠이 깼다

그때 밖은 칠흑같이 어두웠지요

골다공증

불은 좀처럼 붙지 않았다
불연소된 막막함들이 출구를 찾지 못하고 쩔쩔매다가
헛부엌이나 툇마루 밑으로 배를 깔고 기어들어가 입을 딱딱 벌린 채 자욱하게 숨을 거두고 있다
어느 구들장 하나가 단단히 무너져내린 모양이었다

방고래 사이사이
사통팔달 뚫린 굴속을 누비고 다니며 또다른 길을 내기 위해 그나마
성치 않은 무릎관절을 갉고 있는 쥐새끼들
지독한 놈들이었다 그 속에서도
보금자리를 틀고 새끼를 쳤다 긴 장대 끝에
짚 뭉치를 묶어 그 캄캄한 통증 저 안쪽까지 콱콱 쑤셔대지만
놈들은 더 깊은 곳으로 몸을 숨기고 삭은 구들장만이 조금씩 부스러지며
검붉은 비명들이 끌려나올 뿐이었다

굴뚝으로 돌아가보면
입을 꾹 다문 싸늘한 오지 굴뚝 깨진 틈으로 몽글몽글 피어오르는 신음 한 오리,
(얘야 그만두거라 그래도 그동안 오래 버텼지……)
쓴 가루약 같은 연기를 하얗게 뒤집어쓰고
아궁이 앞에 앉아 연신 무르팍을 쥐어박는 어머니가

언 생솔가지를 그 무릎에 대고 뚝뚝 부러뜨릴 때마다
빈 뼛속에서 싸아하게 울려 나오는 공명

그 깊고 어두운 굴속
시린 신경올처럼 얽혀 있는
앙상한 잔가지들의 갈라터진 살갗을 밀어내고
꺼져가는 불씨 위로 다시
한줌의 마른 쏘시개를 던져넣는 그녀의 텅 빈 몸속이
한순간 환하게 드러나고 있다

자동 히터

모두들 너처럼 자동 온도 조절 장치를
몸속 깊숙이 숨기고 살지
덥다 싶으면 떨어지고 추우면 붙었다 하는
알고 보면 꽤 냉철한……, 막무가내
끓어오르는 열병 한번 제대로
앓아보지도 못한 놈들이
도대체 누굴 녹여주겠다고 거기
그렇게 뻔뻔하게 버티고 앉아 있는 것인지
너무 춥지 않니?
이제 그런 스위치 따위는
부숴버려야 해, 벌겋게 달아오르는 거야
저 냉혈한들이 네 몸에 손도 못 대고
어쩔 줄 몰라 하면서 그 가식의 옷들을
훌훌 벗어버리고 치부가 흐물흐물
녹아내릴 때까지 말이야
그러고도 멈추면 안 돼 지난날
그 무더운 창고 속에 처박혀 싸늘하게 지낸
세월을 한번 생각해봐
그냥 내친김에 올라가는 거야 가는 데까지
가보는 거지 그러다가

네 몸 깊숙이 내장된 그 자동 온도 조절기가
철커덕 과부하로 눌어붙어
한 번도 올라보지 못한 고열의 절정에서

한순간 '쾅' 하고 폭발해버린다면,

그렇게 될 수만 있다면
어느 고물상 고철더미 위에
갈기갈기 찢긴 토막 변사체로 버려진다 해도
더이상 바랄 게 없겠어 차라리
그게 자랑스럽겠어…… 자동 히터들아!

물위의 발자국

성치 않은 이곳에선 건강한 두 다리로도 온전한 영혼의 무게를 떠받치기가 그리 쉽지 않다는 걸
이미 오래전에 깨달았다
그리하여 나란히 마주보며 굴러가던
절망과 희망의
선명한 두 바퀴 자국,
그 골 깊은 상처를 따라 흘러내려오던
두 줄기의 물길을
비로소 저 넓고 푸른 강물로 튼 것이다

지상에 단 한 번도 새겨보지 못한 발자국을 선명하게 찍으며 걸어간,
어디쯤일까
철 늦은 개망초 두엇의
기운 어깨 너머
내 생각이 따라가며 자꾸 발을 헛딛는 강가,

누군가 허물처럼 벗어버린 낡은 휠체어 하나

부화(孵化)

여린 맨발을
품속에 감춘 새 한 마리가
서툴게 날아오른 길가 풀섶에
밑창 뒷굽이 닳고 닳아서 구멍이 뚫린
낡은 운동화 한 짝이
엎어져 있다

만지면 바스러질 듯
하얗게 빛이 바랜 그 캄캄한 운동화 속에서
누군가, 아직도
실핏줄처럼 뒤엉킨 길 끝을 찾아
두근거리는

오전 내내 비 내리다,
갓 부화된 하늘의 발뒤꿈치가 말갛게 개인
어느 여름날 오후

호출기
—미물이 미물에게

작은 소리로 울거나 희미한 떨림만으로도
그리움의 송신은
얼마나 멀리까지 가는가,
늦가을 마당 끝
마른 풀섶에 숨어 약이 다 닳은 호출기처럼
기력 없이 혼자 울어대는
풀벌레

너는 다 알고 있었구나
이제 막 궁수자리에서 새로 태어나
물기도 채 마르지 않은 앳된 초신성 하나가
뒤도 돌아보지 않고
낯익은 성운의 품으로 달려가 안긴 채
낮게 낮게 흐느끼는
첫 울음소리를, 그 가녀린 어깨의 떨림을

오늘밤
내가 눈감고 귀 막고도
다 수신하고 있다는 것을 너도 알고 있었구나

이름 허물기

—진달래

산사의 뒤뜰 흙벽에 기대어

아지랑이 불구덩 오지 굴뚝에

내 이름 석 자만 태워 올리는

차라리 즐거운 이 분신자살이여

봉숭아 꽃물 번지는 저녁

그녀의 입술은 점점 말라갔다 가끔
가냘픈 몸안에서 끓어오르던
정체불명의 붉은 액체들이
조금씩 흘러나오기도 했다 하루빨리

하얀 손톱을 그 붉은빛으로
물들이고 싶다고 꽃수술처럼
가늘게 떨며 웃었다 옅은 바람에도
쉽게 흔들렸다
꺾이지 않으려고 밤마다
별똥 같은 약을 억지로 털어넣었지만
허공에 기대어 속수무책으로
말라갔다 꽃잎,
가장자리가 검게 말려들어갔다

검게 타들어가던 얼굴 위로
장대비가 몇 날 며칠을 내렸다
젖은 바람마저 미치어
구멍난 가슴 곳곳을 들쑤셔대고
목울대까지 차오른, 제 몸의
신열을 삭이지 못한 그녀가
끝내 우물가에서 명치끝을 움켜쥐고
쓰러져버린 날

우리는 너를 통째 꺾어다가
짓찧었다 초록
이파리들조차 으깨어지며
붉은 피를 토해냈다 그 속으로
눈물 몇 방울이 젖어들어갔고 그녀의
파리한 손톱 끝에서 멈춘 시간이
한 저녁을 온통
붉게 물들이고 있었다

흉터

뜰 앞 꽃잎이 다 져버린 목단 가지치기를 할 때였습니다 잡념처럼 무성한 가지를 뒤척이다가 문득 지난날 미처 다 챙기지 못한 자투리 시간을 소급해다 핀 왜소한 꽃 한 송이가 아니야 아니야 천 길 낭떠러지로 훌쩍 뛰어내리는 뒷모습을 보았습니다 그 순간 예리한 전지가위가 내 손바닥 귀퉁이를 깊이 스치고 지나갔는데, 내 발치 바닥권에 주저앉아 또 한사코 제 목 끝까지 차오르는 통증을 꿀꺽 심키려던 철 늦은 봉오리 하나가 그만 그 붉디붉은 속을 왈칵 터뜨리고 말았습니다

복합상처치유연고제 설명서에는 손상된 조직에서 교원 섬유 아미노산의 합성을 조절하여 절대 흉터가 남지 않는다고 적혀 있었습니다 '절대' 그 말을 읽는 순간, 벼랑 끝에 몸 묶었던 질긴 끈 하나 싹둑 잘린 듯 아찔해 그만 구급약 상자를 덮어버렸습니다 그리고 뒤늦게 만개한 내 손바닥 꽃잎 속에서 까마득한 이름 하나 아주 선명하게 천천히 떠오르기를 마냥 기다리기로 했습니다

텅 빈 둥지 속의 밥상

늦잠을 잔 듯했다
머리맡에 밥상이 차려져 있었다
한술 뜨다 말고
다시 설핏 잠이 들었다가
눈을 떠보니 저녁나절이었다
다시 새 밥상이 차려져 있었고
문득 서창 너머
텃밭에서 낯선 여자가
들깨 모종을 하고 있었다
그뒤로
붉게 충혈된 하늘의
눈꺼풀이 조용히 닫히고
이내 어둑해진 그녀의 머리 위로
수심 가득한 파랑새 한 마리
푸드득, 힘겹게 날아오르고 있었다

누구도 사랑하지 않았으므로
사랑받고 싶은 이들이
모두 떠나버린
텅 빈 둥지 속의 깊은 잠 한 닢,
그 속에서 누군가 여전히
달그락달그락 밥상을 차리고 있다

철새들 사랑

대책 없이 뛰쳐나온 불륜이
먼길을 돌아 이제 막
숨차게 들어선 곳,
허름한 여인숙 같은 둥지 속에
살림이랄 게 뭐 있나요

솔직히 우리
부끄런 몸사랑 가려줄
펄렁이는 나뭇잎
몇 장이면 족하지요
어차피 다 한철인데요 뭐

그래요
이 무성한 여름 지나
서늘한 바람이 불어오면
문득 몸살처럼
머나먼 남지나해 건너
또다른 사랑이 그립겠지요

벌써부터
오며 가며
눈 맞은 옆집 여자에게
도망가자! 버릇처럼 속삭입니다

청정 해역

여자하고 남자하고
바닷가에 나란히 앉아 있다네
하루종일 아무 짓도 안 하고
물미역 같은
서로의 마음 안쪽을
하염없이 쓰다듬고 있다네
너무 맑아서
바닷속 깊이를 모르는
이곳 연인들은 저렇게
가까이 있는 손을 잡는 데만
평생이 걸린다네
아니네, 함께 앉아
저렇게 수평선만 바라보아도
그 먼바다에서는
멸치떼 같은 아이들이 태어나
떼지어 떼지어 몰려다닌다네

4부

삽

그대 마른 가슴을
힘껏 찍어,
엷은 실핏줄들이 뒤엉킨
따뜻한 속살 속에
한 톨의 씨앗을 묻고
다독거려주는 일

더러는
그 속에 박힌,
울혈 덩어리 하나 캐내기 위해
그대와 함께
온몸이 저리도록 울어도 보는 일

한밤을 건너가는 밥

빈 그릇에 소복이 고봉으로 담아놓으니
꼭 무슨 등불 같네

한밤을 건너기 위해
혼자서 그 흰 별 무리를
어두운 몸속으로 꾸역꾸역
밀어넣는 밤

누가 또 엎어버렸나

흰쌀밥의 그늘에 가려 무엇 하나
밝혀내지 못한
억울한 시간의 밥상 같은
창밖, 저 깜깜하게 흉년 든 하늘
개다리소반 위에

듬성듬성
흩어져 반짝이는 밥풀들을
허기진 눈빛으로 정신없이 주워먹다
목메는 어둠 속
덩그러니 불 꺼진 밥그릇 하나

성화(聖化)

더럽고 축축한 흙만을 평생 파먹고 사는 무지렁이들,

언젠가는 그 캄캄한 어둠을 다 먹어치워서라도 기어이 기어이 하늘에서 이룬 뜻을 땅에서도 이루겠다는 일자무식 성자님들!

결론은
똥이올시다

무지개를 놓치다

식량 자급자족을 위해
단위면적당 생산량 배가(倍加)를 위해
끊임없이 들끓는 병해충 속으로 고압 분사되는
농약 유제들이 매일같이
포말처럼 부서져내리며
들판 허공에 찬란한 무지개를 띄웠다

마치 밥 없이도 살 수 있는
환상의 세계로 올라가는 아치형 현수교 같은,

그 무지개 따라 올라갔던 이 몇몇
정말 영영 돌아오지 않는
여름 어느 날
마지막으로 힘겹게 돌아나온 논두렁 앞에서
그 환상의 끝 한 자락이
내 손에도 잡혔다 아득한 밑으로
누군가 해독제를 들고 뛰었고
어머니가 내 팔다리를 붙들고 늘어지던 그때

엉뚱하게도 몰아쉬는 내 가쁜 숨결 속에서
아득한 옛날 이곳 어디쯤
울창한 원시림 속으로 달려가는
멧돼지 한 마리를 잡기 위해
벌거벗은 유인원들이 돌도끼와 나무창을 들고

필사적으로 더 힘차게 질주해가는
거친 숨소리를 들었다

그리고 얼마 후
정신을 차린 내 손아귀에서 올올이 날아가버린
찢어진 일곱 색깔 무지개

오래된 열쇠

어딘가에 달콤한 그 무엇을
깊숙이 숨겨놓은 채
잠가버리고 기억상실증에 걸린 자,
일벌 한 마리가 분주히
이 꽃 저 꽃
봉오리 속을 들락거린다

그러나 꽃은 단 한 번도
마음의 곳간
활짝 열어주지 않고
너무 쉽게 녹슬어 떨어진다

다시는 잊지 않으리

온몸에
붉은 쇳가루를 뒤집어쓴 그가
날아왔던 허공 길을
다시 훤하게 읽으며 돌아간다

아무것도 걸지 않은 채
잠겨 있는, 처마끝에 매달린
저 수많은 벌집 구멍들, 활짝 피었다

경운기 속으로 들어간 아버지

고집이 센 경운기를 샀다
입을 꽉 다물고 잔뜩 웅크린 채
꼼짝도 하지 않는
엉덩이를 걷어차고 코를 움켜쥐고
몇 날 며칠 씨름을 하다가 드디어
경운기 속으로 들어간 아버지
나는 아버지를 민다
간다, 까만 연기를 퐁퐁 날리며
아버지가 달려간다
앞만 보고 달려간다
뒤뚱거리며 개골창을 건너
언덕을 뭉개듯 헛바퀴를 돌려
산비알을 오르고
동네를 돌아 들판을 향해
노을 속으로
어둠 속으로 달려가는 아버지
브레이크가 없는 아버지
달리면서 기름을 먹고
담배를 피우고 콧노래를 부르는
저기 아직도
흙탕물을 흠뻑 뒤집어쓴 채
부르르 떨며 달려가는
오, 석유 냄새 나는 나의 아버지

어떤 장기 기증자

면사무소 뒤뜰 농기계 수리 센터 마당 귀퉁이에
오래전부터 수족 못 쓰는 트랙터 한 대가 쭈그리고 앉아 있다
늑골이 부러지고 몸 구석구석으로 연결된
미세한 회로들의 집합체인 머리 부분과 소화기관인 아랫배 쪽이 생체 실험 현장처럼 난잡하게 벌려져 있다

굽어보고 있다 실명한 한쪽 눈으로
드넓은 벌판을 굽어보는 그의 망막에는 한때 수없이 누비고 다닌 발자국들이 화석처럼 각인되어 있다
몇 켤레의 신발 뒤축이 닳고 닳아 없어졌는지
근골을 추슬러 예전처럼 다시 지축을 흔들며 달려나가고 싶지만

그러나 이제 그가 할 수 있는 일이라곤
가끔 심한 노동으로 형편없는 몰골을 하고 이끌려 온 위급한 환자들에게 아직은 쓸 만한
기능이 살아 있는 제 장기를 하나씩 떼내어주는 것이다
그렇게 그의 신체 일부분이
성치 않았던 몸속에 이식되어 왕성한 소화력으로 솟구치는 힘을 밖으로 밀어내고 그 힘으로
죽어가던 젊은 농군 하나가
지금쯤 들판 한가운데를 생생하게 내달리고 있으리라

가벼워지고 있다 몸속이 비워지며
양쪽 날개 흙받이가 휘어져 금방이라도 비상할 듯한 자세로 바람에 흔들거리고 있다 머지않아
이리저리 모든 것을 내어주고
깊게 팬 주름살의 껍데기만 남게 되는 날 그는 비로소 작은 한 마리의 새가 되어
펄펄 끓는 용광로 속으로 날아들 것이다
그리하여 정제된 몇 줌의 쇳물이 되어 전생에 가장 아프고 괴로웠던,
구멍난 곳이나 갈라진 틈 사이를 메우고 조여주는
단단한 하나의 볼트나 너트가 되어 다시 태어날 것이다

우족탕 한 그릇

우족탕 진국 위에
별보다 많은 발자국이
둥둥 떠 있네
빈 수레를 끌고
진흙 같은 밤하늘을 떠도는
발자국들,
어디쯤 갔나

파장 무렵
황소자리에 털썩 주저앉은
어스러기 수소 한 마리
깡마른 뒷발목이
꿈결인 듯
자꾸 헛발질을 해대네

그 먼길 한 그릇
단숨에 후르륵 떠먹으니
뜨거운 목젖 아래
함부로 밟힌 들꽃 향기 진동하네

개복숭아

앞 못 보는 과년한 딸 하나 데리고 뜨내기로 들어와 살던 여자가 죽었네

밤이 되어도 불 밝히지 않는 그 집
텃밭가, 형광물질을 칠한 꽃잎이 밤마다 조용히 빛나고 있었네

누군가 홀린 듯 다가가
그 향기를 맡아보았네, 꽃망울이 툭 떨어지고

꽃 진 자리
그 캄캄한 어둠 속에서
한 여자가

얼굴도 모르는 아이 하나, 낳아 키우네

별들

어디 그 멀고 아득한 곳에만
이쁜 별들이 있었으랴

어느 추운 겨울밤, 장독대 위
살짝 언 정화수에 깨어질 듯 박힌
얼음 별이나 막차 놓치고
걸어가던 고샅길
내 지친 발걸음 앞에서 우수수
우수수 쏟아지며 산산이 깨어지던
풀섶 수천수만의
그 성근 이슬 별들도 고왔거니, 혹은
어느 가문 해
우묵배미 마른논으로
천 섬 만 섬 흘러들어가며 짤그랑
짤그랑 부딪치던 그 물위에 뜬
방울 별 소리들은 또 어떤가, 그보다도
그보다도 닷새거리
새벽 장 보러 가던 우리 어머니
이마 위에 송글송글 솟은 샛별,
거름 내고 측간 옆에 함부로 앉혀놓은
양철 똥통 안에 뜬
그 밑으로
흐릿하니 가라앉은 내 할아버지나
아버지 구릿빛 얼굴 같은

그

별들

하나하나도 더욱더 아름다웠다

영웅 일기

푸른 위장복을 입고 그는 우리 뒷집 머슴으로 왔다 공수부대 붉은 견장이 선명했다 처음 나를 보자마자 그 큰 건빵 주머니 속에서 담뱃가루 묻은 박하사탕을 꺼내주고는 어린 내 가슴에 오른손 검지를 대고 한쪽 눈을 질끈 감았다 (타앙—) 나는 그의 포로였다

날마다 월남의 밀림 속 자욱한 포연 속을 함께 누비고 다녔다 그는 가끔 삼잎을 볶아 십 원짜리 지폐에 말아 피우기를 즐겼다 그리고 초점을 잃은 눈동자로 내게 더듬거리며 명령했다 이상병! 너 너는 여기서 꼬 꼼짝하지 마라 나를 엄 호해 삽자루를지향사격자세로겨누고산꼭대기를향해달려가며소리쳤다 슈 슈류탄을 까 슈 류탄을…… 나는솔방울을마구던져댔다 꽈광 쾅 아— 비빌어먹을 포 폭풍지뢰를 밟았어 바 바 발목이 날 아갔단 말이야 타 탄약을 가져와 가 감자를 가져오란 말이야 뭘 보고 있나 주 먹밥을 던져 너 넌 계속해서 고향으로 여 엽전을 날리란 말이야 엽전을……

그러고도 한참 후였을 것이다 그가 순순히 검은 지프에 올라 잠깐 돌아서 나를 향해 오른손 검지로 만들어 보이던 그 소리 나지 않는 권총을 영문도 모른 채 깊숙이 숨겨 가지고 다니다가 문득문득 꺼내 보기 시작한 것은

흙의 조직을 와해시키다

논을 간다, 논을 간다는 것은 단단하게 뭉쳐 있던 흙의 조직을 와해시키는 것이다
그 치밀했던 조직망을 잘게 부수고 부수어
다시 작은 토립자(土粒子) 하나하나의 위치를 새롭게 개편하는 것이다 이제
그 느슨해진 조직 사이사이로
신품종 이념들이 뿌리를 내리고 재편성된 조직은 그 뿌리를 통해
또다시 일 년 동안 결연한 의지를 키우며 지상에 꽃을 피우고 열매를 맺을 것이다

그러나, 너무 오래 묵은 땅은 갈아엎기 힘들다
쟁기날이 튄다 부러져나간다 참신한 생각의 날이 파고 들어갈 틈이 없다 마치
콘크리트 밭에 사람들 우거지듯 늘 점령군 같은 잡초만이 빼곡히 자랄 뿐이다
그건 우리를 비웃는 땅의 조용한 테러이다
그대로 방치해두면 장기 집권 체제의 황량한 황무지로 남게 된다 그렇게 되면
언젠가는 흙이, 사람의 조직을 와해시킬 것이다

꺽정이 같은 수상한 날에

그 옛날 양반네들은 오늘같이 천둥 치고 비바람 부는 날엔 그 거친 기(氣)가 뻗쳐
집안 들어먹는 망종이 나온다고
내당 근처에는 얼씬도 안 했다는데, 그런데
그런데 나는 이런 밤이면 내 마음의 견고한 철창 안에 갇혀 포효하는 그 사나운 호랑이 한 마리
슬그머니 밖으로 풀어내놓고 싶다 젖은 몸을 한번 부르르 털고는 저 빗속을 달려
높고 낮은 차령이나 태백산맥의 준령들을 한 바퀴 휘
돌아보고 싶은 것이다 휘돌다
시장기가 돌면 깊은 골짜기 토굴 속에 숨어사는 한미한 서생 같은
토끼 새끼들이나 잡아먹고 또 가다가
어느 절집 곳간이나 기웃거리는
서림이 같은 여우들도 한입에 꿀꺽 삼켜버리고는
단숨에 서울로 입성하여 북한산 인수봉우리쯤에 턱 버티고 올라서서 뇌성 같은 소리로
크게 한번 울부짖고 싶은 것이다
그리하여 일찍이 세대에 걸쳐 어지럽던
그 불빛들을 일찌감치 다 꺼뜨리고는 다시
칠흑 같은 밤을 내달려 남도 소백산맥 끝자락 지리산 피아골쯤에 이르러
언젠가 제 팔뚝만한 청무 하나 쑥 뽑아 바지춤에 쓱쓱 문질러주던, 어쩌면

아직도 빨치산의 그 뜨거운 피가 모세혈관마다 맥맥히 흐르고 있을
내 누이뻘쯤 돼 보이는 그 곰처럼 가무잡잡한 아줌씨하고
밤새 굶주린 짐승처럼 으르렁거리고 싶은 것이다
밭둑이 다 허물어지도록,
저 성난 천기(天氣)로 내리치는 장대비에 흠빽 두들겨 맞으며
오늘 꺽정이 같은 놈 하나 만들고도 싶은 것이다

어처구니

이른 봄날이었습니다
마늘밭에 덮어놓았던 비닐을
겨울 외투 벗어던지듯 확 걷어버렸는데요
거기, 아주 예민한 성감대 같은
노란 마늘 싹들이
이제 막 눈을 뜨기 시작했는데요
나도 모르게 그걸 살짝 건드려보고는
갑자기 손끝이 후끈거려서
그 옆, 어떤 싹눈에 오롯이 맺혀 있는
물방울을 두근두근 만져보려는데요
세상에나! 맑고 깨끗해서
속이 환히 다 비치는 그 물방울이요
아 글쎄 그 탱탱한 알몸의 표면장력이요
내 손가락 끝이 닿기도 전에 그냥 와락
단번에 앵겨붙는 거였습니다

어쩝니까 벌건 대낮에
한바탕 잘 젖었다 싶었는데요
근데요, 이를 또 어쩌지요
손가락이, 손가락이 굽어지질 않습니다요

우리집 식구 중에는 귀신이 더 많다

경신년 경신월 경신일 경신시, 그러니까 찬 기운이 서서히 상승하기 시작하는 삼월 삼짇날을 가려 귀신들에게 대시루떡을 돌리는데,

안방귀신 건넌방귀신 사랑방귀신 부엌귀신 곳간귀신 외양간귀신 장독귀신 헛부엌귀신 심지어는 측간귀신, 어머니가 떼어주는 대로 어린 나는 문을 빠끔히 열고 귀신들 앞에 떡목판을 놓고 돌아서면 누군가 자꾸 내 목덜미를 잡는 듯하여 온몸이 서늘했던 기억, 무서워요 하면 그래도 얼른 떡을 다 돌려야 먹지 않느냐고 말만한 누이들이 시루 주위에 빙 둘러앉아 가자미눈을 뜨곤 하였다

이렇게 계절마다 날을 가려 떡을 돌리는 귀신들 또한 그 어렵던 시절부터 지금까지 어머니가 먹여살리는 우리집 식솔들이다 어디 그뿐인가

아직도 그 옛날 할아버지들의 할아버지들이 천기(天氣) 머금은 대추나무로 방앗공이 만들고 산정에 외로이 선 바위로 방아확을 다듬어 백옥산미 찧어다가 제일 먼저 깨끗한 창호지 주머니에 담아 안방 동쪽 벽에 모셔 놓았다는 삼신당이 있고 또 뒤란 장독대 옆에는 햇짚으로 곱게 엮어 세운 칠보단장 새색시 같은 터줏가리가 있고 대청마루 대들보 위에는 종이로 예쁜 꽃잎을 접어 매단 성줏대가 있다 그 성줏대 꽃잎이 바랠 즈음이면 수년에 한 번꼴로 단골네를 데려다가 굿판을 벌이는데, 그날은 우리 어머니 무릎관절에 괸 물도 말라서 굿판머리 단연주*부터 흥이 돋기 시작한 그녀는 자정이 넘으면서 벌

떡 일어나 더덩실 한마당 춤판도 벌이는 것이다

온 동네 사람들까지 모여 집안의 귀신이란 귀신들 모두 불러내어 어르고 달래고 먹이고 마실 제,

어허 덩기덩 덩기덩 뒤 구린 돈 먹고 털 난 혓바닥으로 주둥아리 닦은 놈들아 바른대로 아뢰어라 측간귀신이 밑씻개를 찾는구나 쉬운 말 이리저리 돌려쓰고 글타올타 쫑구 까부는 먹물들아 왼종일 밭 갈고 들어온 쇠귀에 핑경 소리 은은한데 외양간 황소귀신 뿔 두드리며 곳간귀신 씨나락 까먹는 소리로 읽을 경이 남았더냐 든 놈난놈 배부른 놈들 한낮에도 방방마다 희멀건 배때기 깔고 엎드려 피자며 햄버거 같은 사료로 몸 불려 사이버 머리통이 풍선처럼 불어날 제…… 어허 말세로다 말세로다 그러나, 걱정 마라 걱정 마라 이 집 대주 지극정성에 한얼님도 감흥하여 만사여의 더불어 내 이곳에 천년만년 살고지고 지켜주고 살고지고 어허 덩기덩 덩기덩 덩기덩……

그렇게 온밤을 하얗게 지새우며 놀다가는 훤하게 동이 틀 무렵에야 끝이 나는데 사람들과 귀신들이 함께 어우러져 놀다가 곤하게 떨어진 그 새벽의 고요라니!

그리하여 또 우리 어머니는 내내 그런 평온이 깃들이기를 빌어 귀신들 노할세라 얘들아 매사에 조신하거라 하며 새것 생기면 천신하고 몸 불편하면 물 떠놓고 절하고 흉사에는 오곡 태워 뿌리며 지금껏 그들 비위 거스른 적 없고 끼니 거른 적 없으니, 그저 죽은 나무에나 하찮

은 돌에도 다 혼령이 있어 종내는 우리도 모두 다 귀신이 된다고 믿으며 그저 귀신들 속에 사람이 살고 사람들 속에 귀신이 깃들어 사는 것이니 또 그들이 세상사 다 꿰뚫어 보시는 삼신할미 재량으로 운행되느니, 해야 할 일 해서는 안 될 일 반드시 가려 해야 좋은 귀신이 된다며 또, 또 그것을 찰떡같이 믿으라는, 오 미신(美信)!

* 굿판 머리에 으레 하는 나라굿.

어떤 우물

세이레 밤낮을 두고 내린 폭우에
모두들 아우성을 치며 달려나갔다네
길을 끊고 둑을 무너뜨리고 넘어서는 안 될
경계를 흔적도 없이 지우며 몰려나갔다네
그때 그 거센 탁류를 거슬러
사력을 다해 동네 한가운데 당산나무 앞까지
올라왔다는 큰 물고기 한 마리,
비가 그치자 사람들은 서둘러
그 자리에 우물을 파고 그를 넣어주었다네
우물 속 한켠, 반쯤 열린 하늘 속으로
황금빛 고통의 편린 하나가
반짝이며 흘러들어갔다네
그후, 어느 지독히 가문 해 상심한 술상 위에서
혹은 뉘 집 덩그런 밥상 위에서
토막난 모습의 그를 보았다 하고
또 누군가는 초야의 이불 속에서 꿈틀거리는
그를 느꼈다 하고 때로 상갓집 담장 밑에서
나직이 소리내어 흐느끼는 소리를
들었다고도 하네 그때마다 비가 구죽죽이 내리고
당산나무 가지 사이로 올라가던
검은 물체 하나가 다시 우물 속으로 첨벙
뛰어드는 걸 보았다는…… 그러나

지금껏 아무리 퍼올려도

퍼올려도 마르지 않는 그 서늘한 우물 속,
그를 온전히 보았다는 사람은 아무도 없다네

양수기

지난여름 내내 저 혼자 논두렁에 나와 앉아
무슨 생각에 그렇게 골똘히 잠겼는지
녹이 벌겋게 슨 양수기에 스위치를 넣자마자
헐은 위장 속에 고여 있던 침묵이
역한 냄새를 풍기며 느닷없이 마려운 뒤를
앞으로만 울컥울컥 뿜어내려는
헛구역질을 해대고 있다 묵은 체증을 게워내다 말고
다시 시컹거리는 이 지독한 토사곽란,
지하 암반 수위에 미치지 못한
흡입구 끝이 목매인 개처럼 혀를 길게 내밀고
고인 물 끝 가없는 허공에다
타는 갈증만을 처박고 있는 것이리

그 헛김 속에서 말들이 새어나온다
함부로 내뱉은 말들 숨겨져 찌든
어느 골 깊은 곳에 묵은 때로 눌어붙어 있던 활자들이
뒤미처 달려나오다가 고속의 프로펠러에 휘감기어
입 터지고 귀 떨어진 몰골들로
붉은 피를 뚝뚝 흘리고 있고 더러는
미처 빠져나오지 못한 말들이
쇄석기 어금니 같은 양수기 안쪽에 물려
우적우적 씹히며 내뱉는 소음들 마침내
쌍쌍거리며 공회전하는 주둥이로 꾸역꾸역 토해내는
어둠들, 드러난 말의 바닥이여

(허허 이게 무슨 말인가)

그 어둡고 어두운 통로를 따라 들어가보라
후두 끝에서도 다시 수천 길
아득한 적막을 뚫고 내려가면 거기 깊고 깊은
맨 밑바닥에서 쉬임 없이 솟아오르는 샘물이
아직 말에 이르지 않은 싯푸른 물결로 낮게 낮게 흘러가
거대한 말씀의 저수지에 이르고 있는 것을
결코 제 목소리를 드러내지 않는 그 태아인
언어들 속으로 더 길고 긴 호스 몇 다발 디밀고
스위치를 넣으면 이윽고 하늘빛을 닮은
무한대의 활자가 이 가을 허공 한복판으로
힘차게 굽이치며 흘러가고 있는 것을

무지렁이

하루종일 써봤댔자, 겨우 손바닥만한 텃밭 한 바퀴 간신히 돌아와 이른 새벽 똥 누고 떠났던 제자리에 입 갖다 맞추고
제 구린내에 돌아서 가더라도
그 찰진 거름의 동그라미 안에서 피어오르는 새싹들을 보겠다는 것인데, 그게 내 일생의 고단한 문장인데

무식한 놈!
어떤 인사가 그랬어
내가 평생 기어봐야 한 자도 쓰지 못할 명성을 국내에 널리 날린, 그 이름이
여러 획으로 끊어지고 이어지고 에굽어 돌고 돌아야 겨우 어렵게 완성되는 정치가,

그는 그동안 내가 수없이 날린 촌철의 화살이나 총알에 대해 잘 모르는 모양이야 그게 모두 일자무식 한 획으로 날아간다는 걸
그러니까 한 방 호되게 맞고 날아가는 야구공이나 가을 하늘을 가볍게 날아오르는 저 비행기를 좀 보라구
허공에 내 이름을 부드럽게 포물선으로 그리며 날리고 있는 걸 오로지 한 획으로 뻗어나가는 걸

나를 밟겠다고?
제까짓 게 꿈틀하다 말겠지, 생각한다면 큰 오산이야

당신,

당신 말이야 고개 외로 꼬고 딴전 피우는 당신, 키 낮춰봐, 바닥에 엎드려

나 잠깐 보자고,

물리면 약도 없는 지렁이 이빨 보여줄게, 밟히고 밟히면 큰 산도 무너져 평지되는 지렁이 마당발 보여줄게

유언

온종일 고추밭에 뽀듯하게 돋아난 잡초를 뽑았더니, 손끝에 초록물이 들었다

지워도, 지워도 지워지지 않는 핏물!

간곡하다

내 땀방울 떨어져 스며든 자리마다 잡초들, 다시 푸르게 푸르게 싹을 틔우는 저녁

문학동네포에지 046
다국적 구름공장 안을 엿보다

1판 1쇄 발행 2003년 10월 28일 / 1판 4쇄 발행 2011년 3월 11일
2판 1쇄 발행 2022년 5월 26일

지은이—이덕규
책임편집—김동휘
편집—김민정 유성원 송원경 김필균
표지 디자인—이기준 이현정
본문 디자인—이주영
마케팅—정민호 이숙재 김도윤 한민아 정진아 이가을 우상욱 정유선
브랜딩—함유지 함근아 김희숙 정승민
제작—강신은 김동욱 임현식
제작처—영신사

펴낸곳—(주)문학동네
펴낸이—김소영
출판등록—1993년 10월 22일 제2003-000045호
주소—10881 경기도 파주시 회동길 210
전자우편—editor@munhak.com
대표전화—031-955-8888 / 팩스—031-955-8855
문의전화—031-955-2696(마케팅), 031-955-8875(편집)
문학동네카페—cafe.naver.com/mhdn
트위터—@munhakdongne
북클럽문학동네—bookclubmunhak.com

ISBN 978-89-546-8695-2 03810

www.munhak.com

문학동네